傳古芸香

小檀欒室彙刻閨秀詞

徐乃昌 校刻

第九集
第十集

往

浙江大學出版社

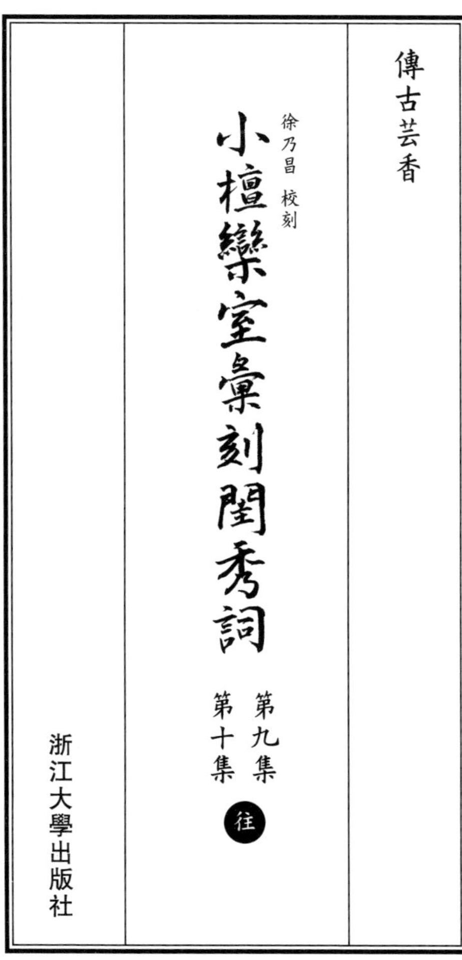

本册目録

竦香閣詞

踈香閣詞

疎香閣詞

吳江葉小鸞瓊章譔

搗練子

暮春月夜

春宋宋月溶溶落盡紅香剩綠濃明月清風同翠幙夜深人靜小窗空

後庭宴

夜思

朝來煙雨繁金鑪香縷翻坐久還慵立眠多慘夢煩撩重門落宴流水依稀隨斷黿

和凝令

辛未除夕

風雨簾𢦏初動早又黃昏催送明日總然來一歲空憐

如𢜒如𢜒如𢜒惟有一宵相共

𢦏調

𩃎啨西風天際檻外梅花香細今夜與明朝試共相看

不睚且睚且睚守歲何如別歲

生查子

送春

風飄萬點紅零落胭脂色栁絮入簾櫳佀問人憖束

凭闌望遠山芳艸連天碧深院鏁春光夳盡無尋覓

點絳唇

戲爲一閨人代作峕怨

新桺埀條困人天氣簾慵捲瘦寛金釧珠泪流粧面
凝佇凭闌忽覩雙飛鷰閑愁倦黛眉淺澹誰畫青山遠

前調

莫景

薄捲紅綃斷霞西角斜昜遠晝長無伴閑厺題花扇

前調

獨倚闌干看盡歸鴉遍輕雲亂凉風吹散新月中天見

詠採蓮女

粉面新粧澹紅衫子輕羅扇昨宵隣伴來約蓮塘玩
棹泛扁舟影共蓮咢亂深深見綠楊風晚空載閒愁返

寿調

夏日雨景

竹徑深深流雲曉度羅幃靜雨絲幾陣滿地桐雩冷
溼翠侵肩纖暈蒼苔影看無盡綺屏人映一片瀟湘景

浣溪沙

早旾

燈夕初過冷未平乍看今日試微晴東風已解向人迎
梨蕋幾時飄弱韻柳條如欲蕩柔情隔墻何處按歌
聲

寿調

旾思

紅衷香濃日上初，幾番無力倩風扶，綠牕時拚悶粧梳。

一向多慵嫌刺繡，近來聊喜學臨書，鳥號春困落花疎。

右調

春閨

幾日東風倚畫樓，碧天清靄半空浮，韶光多半杏梢頭。

垂柳有情留夕照，飛花無計卻春愁，但憑天氣困人休。

右調

春莫

曲曲闌干遶對遮，半庭花影帶簾斜，又看暝色入牕紗

樓外遠山橫寶髻天邊明月伴菱花空教芳艸怨秊華

弄調

春閨

曲榭鶯啼翠影重紅粧春惱澹芳容疎香滿院閉簾櫳流水畫橋愁落日飛花飄絮怨東風不禁憔悴一春中

弄調

春夜

栁絮飛殘不見春近來閑殺惜花心無聊獨自步庭陰紫燕未歸餘畫棟黃昏先到忪囊琴鐙花月影兩深

深

歬調

旾莫

一瞬旾光最可嗟東風老去夕昜斜斷腸芳艸遍天涯

粉蝶眠旾隨夢厺遊絲繫樹帶花賒可知旾思在誰

家

歬調

小牕卽事

竹徑煙迷薜荔墻好風搖曳弄埀楊無情嗁鳥向人忙

陽

一曲瑤琴消午夢半爐沈水爇旾香倚闌無語又斜

壽調

送春近作

春色三分付水流風風雨雨送春休韶光原自不能留

夢裏有山堪遁世醒來無酒可澆愁獨憐閑處最難求

壽調

初夏

香到荼蘼送晚涼荇風輕約薄羅裳曲闌凭遍思偏長

自是幽情慵撈幌不關春色惱人腸誤他雙鷰未歸梁

壽調

秌夕

風透疎櫺景色清凄凄四壁怨蛩鳴夜深微溼露無聲

砌上落雩和月落簾前明月近雩明又看河漢半斜

傾

搊調

同兩姊戲賭母錍隨音

欲比飛雩態更輕低回紅頰背銀屏半嬌斜倚侶含情

嗔帶澹粧籠白雪語偷新鶯恁黃鶯不勝力弱懶調

箏

搊調

書懷

幾欲呼天天更賒自知山水此生遐誰教生性是煙霞
屈指數來驚歲月流光閑去厭繁華何時驂鶴到仙
家

菩薩蠻

元宵無月

畫樓春弄東風軟燈山處處笙歌滿幾點落梅花侯家
醉麗華　歌聲還喚酒夜色頻催漏雲幙掩嫦娥清光
不放多

苪調

繁雲遮住瑶天月繡屏圍處珠帘揭風度綺羅香穠姿
映畫堂　銀營開火對一夜星移曙莫羡管絃聲還懸

月未明

再調

晉日

輕煙一抹連天碧簾前規月和煙白翠竹落槑疎相憐雪霽初　博山香欲燼風透紗牕令四望宗寥寥閑堦花影搖

再調

小牕前槑蕚一對正開爲風雨狼藉作此志悼

嫩寒初放枝頭雪倚窓深夜窺花月曉起搴簾看飄零滿畫闌　飛殘千點白點破蒼苔碧風雨幾時休巡簷索共愁

毐調

初烁

池塘碧浸芙蓉面蓮房怨粉驚團扇何處一聲聲隔溪歌採菱　輕雲流影急烁入平蕪色塞鴈幾曾還一江烟水寒

毐調

烁夜

烁聲又到梧桐井半廊彎霧籠虛影試喚侍兒來紗牕帶月開　浮光憐露葉暗艸蛍悽切何似獨愁予新詞吟未知

訴衷情

秌夜

蛩聲泣罷夜初闌香潤彩籠殘多情明月相暎一侶伴人閑　鐙蕋細漏聲單透輕寒蕭蕭瑟瑟惻惻淒淒落葉聲乾

減字木蘭花

秌思

暮蟲淒切獨倚疎簾清夜月悵望瑤臺不見飛瓊步月來　秋光如練江上芙蓉開欲遍流水殘紅斷送西風入鬢華

𢭏調

睉粤蝴蝶枕上朦朧輕侶葉幾許秌聲惱亂琴心病茂

陵　雲橫霧靄天外青山何處在蕉雨瀟瀟不管人愁

只亂敲

卜算子

秌思

天澹水雲平風嫋花枝動羅幃涼生翠袖輕柳外飛煙

共　獨坐思悠揚簫管慵拈弄悵冷西牕一夜香宋寞

添幽寥

謁金門

秌晚憶兩姊

情脉脉簾捲西風爭入漫倚危樓窺遠色晚山留落日

芳樹重重凝碧影浸澄波欲溼人向[illegible][illegible]深處憶繡

裙悠獨立

苒調

秋雨

秋雨急釀就曉寒相逼竹籬淒迷芳徑窄一庭閑翠積
腸字無人寄得落葉紛紛如摘懶拈金針推指澀繡
牀連夜溼

清平樂

命紅于折秋海棠花

斷煙撩亂霽景穿庭院草色落痕添一半染得秋光堪
玩　流蘇帳曉粤開海棠幾茈簪來昨夜薰籠香冷新
寒多上粧臺

憶秦娥

怺思

湘鉤揭梧桐落向銀牀咽銀牀咽半庭斜日數堆黃葉

繡屏一縷銷香惔箏闌又見飛蝴蝶飛蝴蝶恠他輕

薄擣衣時節

上陽宮

詠栁

無數灞陵橋畔離人泪染一生空自管消魂只贏得腰

肢軟　陌上樓頭長見翠絲分綫和煙幾度蕩斜暉誤

紫驀歸來晚

犇調

柳絮

點點離霓如雨輕狂隨處天涯不識舊章臺更阻斷游人路　驀地送將春厺鶯慵鶯憮飄飄閃閃厺還來拾取問渾無語

阮郎歸

秌思

紅綃秌鏁小樓西綠鬟鸞鏡低曉粧初罷思依依裴裒彎影移　沉水爇綺櫳壓閑愁不上眉鴛鴦新繡裌羅衣初寒半暖時

荐調

秌夜

風飄黃葉愴辭枝屢前處處飛閑來無悶亦淒其方知烁氣悲　堪歎處可憐時倚闌空自知裴裒寬瘦欲何依沉吟黯黯思

虞美人影

旹日

海棠睡惹流鶯惱又是清明過了楊栁水邊多少愁緒縈芳艸　杜鵑枝上東風悄碧玉闌旁人杳一夜綠嬌紅老只恐旹歸早

鳳來朝

春日書懷近作

小院閑無事步花陰嫩苔雨漬弄明光幾疊琴弦賦曲

檻畔情何侶　靜對聖賢書史一鑪香盡消瘳思翠幃
外東風起不覺又欲暝矣

滿宫雩

詠遊賞人

日融和雩娟嫵粉蝶揺枝嬌舞輕風吹落小𦬊紅薦子
瑯歸繡戶　艸苹綿人容與共羡旹光如許紫騮金勒
繫堤楊拾翠尋芳伴侶

南柯子

𤎌夜

門揜瑶琴靜窗消晝卷閑半庭香霧遶闌干一帶𤀹煙
紅對隔簾看　雲散青天瘦風來翠裏寒嫦娥眉又小

檀欒照得滿堦彎影只難攀

壽調

庭際彎枝嫋簾前漢渚橫斷腸何必問吹笙但見海棠葉上露星星　墻月深深照爐香細細零誰家閨婦又砧聲攪得夢寬無賴不堪情

壽調

九日

日煖茱萸好霜飛菡萏衰碧雲山外夕陽催自有竹籬斜徑菊彎開　煙重迷疎柳陰濃籠溼苔畫樓時送暗香來且公待看明月倒金杯

浪淘沙

晝閒

終日掩重門驚夢紛紛晝眠微醒覓殘魂强起亭亭臨鏡看重整雙雲　傍倚碧羅裙又早黃昏侵堦艸長舊⿰火悠痕惟有垂楊千尺線綰住餘曛

再調

薄莫峭寒分羅簟香焚粉奩留影弄微曛一縷茶煙和瘦黛却又黃昏　曲曲畫湘文靜掩巫雲雩開雩落負東君嫌取雩開雩又落都是東君

再調

晝景

楊柳弄柔黃縷縷纖長海棠風醉豔紅妝折取一枝歸

繡戶細玩春光　春日對春粧鶯鶯笙簧橫塘三月水流香貼水荷錢波動處兩兩鴛鴦

壽調

秌懷近作

青女降枝頭已解添烦莫蟬聲咽冷箜篌試看夜來多少露艸際珠流　身事一浮鷗歲月悠悠問天肯借片雲游嫋嫋乘風歸去也直上瀛洲

杏雩天

翠煙無意撩書幌帶芳艸侵雲漸長晚風初作落雩聲九十將闌未賞　南園路風光暗想聽喚雨鳴鳩兩兩小池水皺萍漪綠泛得紅香惝惘

雨中花

梨花

泪雨瓊姿嬌半吐又一夜風搖鬢霧綉陌嘶鶯畫梁歸
燕莫便催春去　脉脉柔情慵未足嘆宋寶玉容難駐
今夜黃昏明朝庭院空鎖重門莫

鷓鴣天

春懷

日上花梢睡未醒綉衾香殘夢留人依依柳眼天邊碧
澹澹山眉鏡裏青　無意緒惜娉婷綠堦芳草伴愁生
東風吹夢知何處空聽流鶯檻外聲

尋調

夏日

處處蟬聲咽栁亭隆隆日午正當庭蓮香有水紅粧倩
竹粉無風翠影停　揮扇子候涼生疎慊小簟郤銀屏
南薰日葬無行雨喚殺啼鳩不耐聽

歬調

壬申旾夜夢中作五首

一卷楞嚴一炷香蒲團爲伴世相忘三山碧水寬非遠
半枕清風㝱引長　依曲徑傍迴廊竹籬茆舍儘風光
空憐鷰子歸來忩何事營巢日日忙

歬調

春雨山中紫色來蘿門欹向夕陽開朝來攜伴尋芝去

到晚提壺沽酒回　身倚石手持杯醉時何惜玉山頹

今朝未識明朝事不醉空教日月催

壽調

野徑晉來艸放齊碧雲天曉亂鶯啼紫笙吹徹緱山上

清磬敲殘鷲嶺西　紅馥馥綠萋萋飛雩楊柳共山蹊

遥看一抹煙雲處帶雨晉帆近日低

壽調

雨後青山色更佳飛流瀑布欲侵堦無邊藥艸誰人識

有意山雩待我開　閑登眺莫安排嘯吟歌咏自忘懷

飄飄似欲乘風去去住瑤池白玉臺

壽調

西亼曾遊王母池瓊蘓酒泛九霞巵滿天星斗如堪摘

遍體雲煙似作衣　騎白鹿駕青螭羣仙齊和步虛詞

臨行更有雙成贈贈我金莖五色芝

玉樓春

春寒

南園蝴蝶飛無數滿院春寒慊幉護深深人在小庱中

悄悄𡖖開寒食路　映堦日色時將午添得羅衣窓影

莫朱寥孤館閉閑春但見斜陽窺繡戶

鵲橋仙

題畫山水

柴扉不揜翠微欲滴斷岸蘆𡖖風朱遠峰雲對雨朦朧

曲徑杳崎嶇難覓　平波澹澹長粲歷歷玉洞仙牀咫尺閑來看盡思悠然恨不得將身飛入

河傳

烌景

雲散風澹疎陰涼淺碧漢悠悠玉鉤梛邊掛斜西畫廔初烌井梧先自愁　小幔輕雲澄練綺清光美好把鏡奩比倚闌干彈鬢鬟遠山烌煙點黛彎

𡬶調

七夕

橋畔鸞扇星鈿霞釧暫撇殘機步移思量厺年今夕時淒其未期先慘離　借得嫦娥初月鏡窺瘦影拂拭翠

倉整駕雲蜺河漢西淒迷只愁鷄唱曉

壽詞

婀娜人坐佳時瓜菓氣朗長空月宫斷霞半天衫袖紅重重紫微花影濃　曲沼芙蕖香滿院人正宴數點晚螢見倚針慶看女牛莫愁今宵猶未㶳

臨江仙

端午

團扇新裁明月影珠簾半上瓊鈎榴萼紅到玉釵頭綵絲宜續命綠砌遶忘憂　酒泛菖蒲香玉碎嫩紅雙靨横㶳畫船何處鬧歌樓蕭蕭煙雨外還鏁楚江愁

虞美人

看雪

闌干曲護閑庭小猶恐春寒悄隔墻影送一枝紅卻是杏花消瘦舊東風　海棠睡去梨雪褪欲語渾難問只知婀娜共爭妍不道有人爲伊惜流年

前調

看雪日日尋春早檢點春光好輕羅香潤步青春可惜對雪無酒坐雪茵　昨宵細雨催春驟枕上驚雪瘦東君爲甚最無情祇見雪開不久便飄零

前調

一杯澹茗聊相賞莫怪人惆悵近來多病損紅粧不耐蕭條清晝臥琴牀　侍兒漫把胭脂掃委地還餘俏春

風着意半蹉跎鶯子不知愁事已無多

菩薩蠻

殘燈

深深一點紅光小薄縷微微裊錦屏斜背漢宮中曾照阿嬌金屋泪痕濃　朦朧穗落輕煙散顧影渾無伴愴然一夜漫凝思恰似去年秋夜雨臨時

小重山

曉起

昏曉朦朧睡起濃綠鬟浮膩滑落香紅粧臺人儀思鬘窮斜簪玉低照鏡鸞中　徐步出房櫳閑將羅袖倚立東風日高煙靜碧綃空昏如畫一片杏愁叢

踏莎行

早春即事

簷畔梅殘堤邊柳細暖風先送遊人意流鶯猶未弄歌聲海棠欲點胭脂醉　鳥踏風低煙橫雲倚湘簾常把春寒閉無端昨夜夢春闌絲絲小雨爲淚

前調

閨情

意忺雲篆心慵繡譜送春總是無情緒多情芳艸帶愁來無情鷰子啣春去　倚遍闌干斜陽幾許望殘山水濛濛處青山隔斷碧天低依稀想得春歸路

前調

昨夜疎風今朝細雨做成滿地和煙絮花開若使不須
春秊秊何必春來往　廈外鶯飛簾前鷰乳東君漫把
韶光與未知春厺已多時向人猶作愁春語

歬調

紫薇花

細翦胭脂輕含茜露芳菲百日濃輝聚紅粧懶厺鬬春
妍薰風獨據珊瑚對　翠葉籠霞璚葩綴霧湘簾影撈
猩姿雨仙郎禁院舊傳名亭亭好伴西𢗧暮

歬調

秌景

悴葉零愁清香入繡王孫桂小塗黃就畫慊日影上銀

釣絲風一枕消清晝　片雨涼生小風波皺疎疎翠玉琅玕逗斷雲飛盡碧天長數枝煙柳斜陽瘦

壽調

憶沈六舅父

枝上香殘對頭花褪紛紛共作啼歸恨十季客簷未曾醒子規莫訴長離悶　回首天涯愁腸縈寸東風空遞雙魚信幾番歸約竟無憑可憐只有情鶼盡

唐多令

烁夜

鐙暈伴殘更蕭蕭落葉輕訴窮愁艸際蟲聲闌外芭蕉新嫩綠仍做出舊烁聲　羅被夜涼清淒然夢亦驚透

紗牕月影縱横幾遍雞聲啝又曉空蹙損兩山青

蝶戀花

春閨

春半餘寒猶未褪雨雨風風賺得清明近楊柳小腰消酒困海棠點靨藏春暈　一對飛花紅雨陣片片飛來鋪盡蒼苔印鸎子不歸鶗鴂借問東風易太還困甚

菩薩蠻

春愁

驀地東風池上路綠怨紅消竟是誰分付不斷行雲迷楚岫閉門寒食梨花雨　雨邊斜陽芳草處閒把情懷付與東君主便向西園飄柳絮不能飄散愁千縷

壽調

立秋

屈指西風秋已到薄簟單衾頓覺涼生早疎雨數聲敲葉小小亭幾暑渾如埽　流水年華容易老秋月宵宵總是知多少隹備夜深新𥨎好露蟲又欲聽衰艸

壽調

七夕

飛鵲年年眞不誤機石停梭拚映河邊渡淸露未銷楊柳暮落宵借點疎螢度　月色風光都莫負酒酌芳樽不把佳時錯女伴隨涼池上路海棠宵畔吹簫坐

壽調

蘭雩

碧玉裁成瓊作蕋馥郁淸香長向風前倚楚畹當年思帝子紫莖綠葉娟娟美　自道全無脂粉氣笑殺旾風紅白勻夭李幽谷芳菲誰得比猗猗獨寄琴聲裏

苻調

秌海棠

淺綠嫣紅開幾許誰料西風也解傾城嫵酒暈盈盈嬌欲仩檀心半吐輕含雨　蒻向屏山深處貯似笑如愁旖旎憐還嫵低嚲對人渾不語斷腸應恐人無緒

千秌歲

即用秦少游韻

草邊雲外旾意思將退新瘳斷閑愁碎慵嫌金葉釧瘦減香羅帶庭院悄只和鏡裏人相對　過了韆鞦會荷葉將成蓋旾不語鵜雷在幾番雲雨候一霎東風改腸斷也每季賺取愁如海

碧芙蓉

秌思

曲徑繞蒼苔秌意平鋪蕭散無數澹日移堦幾度尋雲訴西風怨露艸寒螿夜天淒霜林爐對隔橋楊柳翠減長條猶自依依故　青山雲厺杳紅樓日又催茸羅簟生寒漫引新桐句池塘暎芙蓉一葉慊幛驚棄棠疎雨闌干凭遍粧臺漸令黯黯無語空凝伫

玉蝴蝶

旾愁

㝱破曉風庭院粉廧𠌶影睲起懨懨幾日雙蛾愁損鏡裏旾尖看盡他鶯梭栁綫都織就霧錦雲縑最難忺催𠌶小雨依舊廉纖　堪憐韶光淑景芊芊芳艸宋宋鉤簾燕子歸來𠌶香都向絲琴添散閑愁流紅泛厺消酒困溼翠飛黏㤼旾衫香烘裊裊袖護摻摻

疎簾澹月

秌夜

窓紗欲莫漸暝色朦朧暗迷平楚斷鴈凄哀點點遠天無數蒼煙染遍西風路翦江楓飄紅荻蒲畫闌東角疎

簾底畔褰裛閑佇　漫贏得長宵如許又錦屏香冷繡
幃寒據滿耳烌聲長向對梢來去蕭蕭竹響還疑雨悄
窺人嫦娥寒兔壁搖燈影空堦露結怨蟲相語

水龍吟

次父六月二十四日作

晝長人靜沉沉綠楊正嫋深深院晝簾低暎薄羅無暑
汗消珠釧蘭畹香清湘筠影瘦翠陰遮遍聽蓮歌處處
悠揚逸韻半入水風煙片　一霎雨餘明淨晚雲如黛
彎如鈿舟移萍亂芳香袖惹媚風輕扇一色紅粧千重
翠蓋參差江面更堪憐歸路平波杳杳夕陽斜見

壽調

秌思次母憶舊之作時父在都門

井梧幾對涼飄滿庭景色仍如舊唬鴉數點斜陽一縷掛殘疎栁有恨林竽無情衰艸風吹重又看輕陰帶雨天涯萬里慶高漫頻搔首 記泊石城煙渚落紅孤鶩常如繡輕舟畫舫布帆蘭枻莽雲天皺水靜初澄蓼紅將醉早秌時候對庭前蕭索西風惟有寒蟬高奏

歬調

芭蕉細雨瀟瀟雨聲斷續砧聲逗凭闌極目平林如畫雲低晚岫初起金風乍零玉露薄寒輕透想江頭木葉紛紛落盡只餘得青山瘦 且問泬寥秌氣當季宋玉應知否半慊香霧一庭煙月幾聲殘漏四壁吟蛩數行

征鴈漫消杯酒待東籬綻滿黄雩摘取暗香盈袖

雪壓軒詞

雪堅軒詞

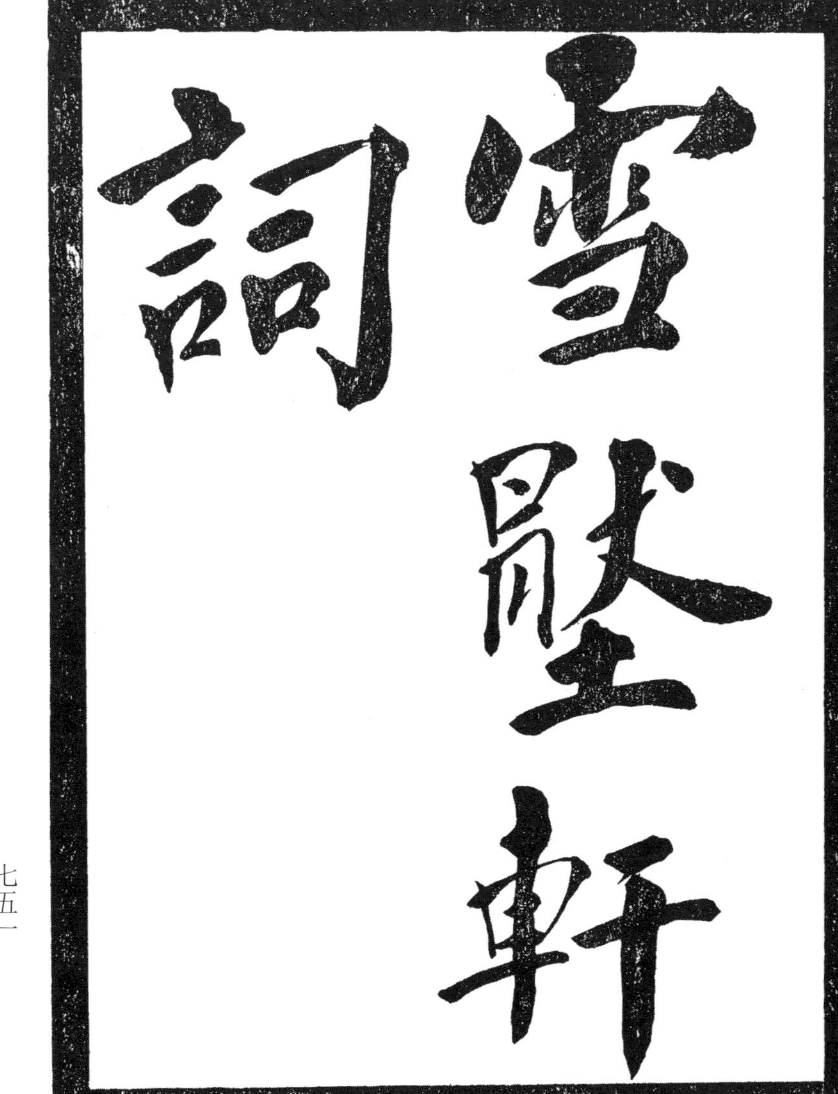

雪壓軒詞

丹陽賀雙卿秋碧譔

浣溪沙

暖雨無情漏幾絲牧童斜插嫩花枝小田新麥上場時
汲水種瓜偏怒早忍煙炊黍又嗔遲日長酸透輭腰支

望江南

春不見尋過埜橋西染夢澹紅欺粉蜨鍥愁濃綠騙黃鸝幽恨莫重提

再調

人不見相見是還非拜月有香空惹袖惜花無淚可黏

衣山遠夕陽低

玉京秌

自題種瓜小影

眉半歛旹紅已全褪舊愁還欠畫中瘦影羞人鶍閃新病三分未醒澹臙脂空費輕染涼生夜月華如洗素娥無玷　翠裛嗁痕堪驗海棠邊曾黏萬點怪近來尋常梳裹酸鹹都厭懶汗凝香蘸碧水羅帕昔指久簟有誰念原是雩神暫貶

二郎神

鞠雩

絲絲脆柳裊破澹煙依舊向落日烌山影裏還喜雩枝

未瘦苦雨重陽挨過了虧耐到小春時候知今夜護紗霜蜨去自埋首　生受新寒浸骨病來還又可是我雙卿薄倖撇你黃昏靜邊月冷闌干人不寐鎮幾夜未鬆金釦枉孤郤鬭向貧家愁處欲澆無酒

孤鸞

午寒偏準早瘧意初來碧衫添襯宿髻慵梳亂裹怕羅齊鬢忙中素褎未浣摺痕邊斷絲雙損玉腕近看如藕可香腮還嫩　算一生凄楚廿拚忍便化粉成灰嫁時先忖錦思鸞情敢被爨煙薰盡東菑卻嫌餉饁冷潮回熱潮誰問歸去將棉曬取又晚炊相近

惜黃花慢

孤鴈

碧盡遥天但莫靄散綺碎翦紅鮮聽時愁近望時怕遠孤鴻一箇去向誰邊素霜已冷蘆花渚更休猜鷗鷺相憐暗自嗔鳳皇縱好寧是姻緣　淒涼勸你無言趁一沙半水且度流年稻粱初盡網羅正苦夢魂易驚幾處寒煙斷腸可侶嬋娟意寸心裏多少纏綿夜未閑傍宿平田

鳳皇臺上憶吹簫

殘鐙

已暗忘吹欲明誰剔向儂無焰如螢聽土堦寒雨滴破殘更獨自懨懨耿耿鷄斷處忒忒多情香膏盡芳心未

泠且伴雙卿　星星漸微不動還望你淹煎有箇爭生勝野塘風亂搖曳魚鐙辛苦秋蛾散後人已病病減何曾相看久朦朧成睡睡去還驚

薄倖

詠瘧

依依孤影渾似夢憑誰喚醒受多少蜨嗔蜂怒漫說炎涼無準怪朝來有藥鴆醫淒涼自整紅鑪等總訴盡濃愁滴乾清泪冤煞蛾眉不省　去過酉來先午偏放卻更深宵永正千迴萬轉欲瞑仍起斷鴻叫破殘陽泠晚山如鏡小柴扉靜鏁悄悄殘喘看看盡昏歸望早只恐東風未肯

涇羅衣

世間鶼吐是幽情，涓珠嚥盡還生。手撚殘箋無言倚屏，鏡裏相看自驚。瘦亭亭，曹容不是，秌容不是，可是雙卿。

太常引

玉人悠道遠行，鶼風雪怕衣單。日落到姬山，先厺看、槑箋倚闌。新詞半卷，涓痕滲透，來與趙郎看。何忍便空還，第一夜、孤眠最寒。

摸魚兒

喜初晴、晚霞西現，寒山煙外青淺。苔紋乾處容香屧，尖印紫泥猶輭。人語亂。忙厺倚、柴扉空負深深願。相思一

纔向新月搓圓窄燃貫恨珠淚總成串　黃昏後殘爇
誰憐細喘小窗風射如箭昏紅烬白無情豔一朵侶晨
鶵還重見遠聽說道傷心已受殷勤餞斜陽刺眼休要
望天涯天涯只是幾片冷雲展

鳳皇臺上憶歛簫

寸寸微雲絲絲殘照有無明滅鶵消正斷魂魂斷閃閃
摇摇望望山山水水人去去隱隱若若從今後酸酸楚
楚只侶今宵　青遙問天不應看小小雙卿嫋嫋無聊
要見誰誰見誰痛鬻嬌誰望歡歡喜喜偷素粉寫寫描
描誰還管生生世世莫莫朝朝

昔從天上來

槑竽

自笑懨懨費半晌昔忙厺省竽尖玉容蕉萃知爲誰忝

病來分與竽嫌正臘衣催洗昔波冷素腕懕黏硬東風

枉寒香一度新月纖纖　多情滿天墜紛偏只累雙卿

夢裏空拈與蜨招竈替勞拭泪夜深偷誦楞嚴有傷昔

佳句酸鹹苦生死俱甜祝竽季向觀音稽首掣偏靈籤

寿調

餉耕

紫陌昔情慢額裏昔紗自餉昔耕小槑昔瘦細艸昔明

昔田步步昔生記那季昔好向昔蔦說破昔情到於今

想昔賤昔泪都化昔仌　憐昔痛昔昔幾被一片昔煙

鏁住旾鸎賠與旾儂遞將旾你是儂是你旾靈算旾頭
旾尾乜鶊算旾瘳旾醒甚旾魔做一旾旾病旾誤雙卿

一翦梅

寒熱如潮勢未平病起無言自掃苒庭璚竽竃斷碧天
愁推下淒涼一箇雙卿　夜冷荒鷄懶不鳴擬雪猜霜
怕雨貪晴最閙昔候妾偏忙纔喜雙卿又怒雙卿

倚雲閣詞

倚雲閣詞

倚雲閣詞

丹徒張友書靜宜譔

憶江南

早旾

晴日影初照綠囪紗鏡裏畫眉人未起簾前鸚鵡喚煎茶香透玉罧粵

前調

旾至艼先至美人家畫閣和風來鷰子綠囪晴日豔罧粵嬾卷玉鴉叉

擣練子

旾晚

風似翦柳如絲爲忪輕寒卻下㡘卸了棠梨雩一對杜
鵑聲裏又經秊

轉應曲

昔撓

昔曉昔曉風雨夜來多少窗前曙色淒迷枕畔時聞鳥
唬唬鳥唬鳥偏是把人廖攪

點絳脣

鞦韆

舞裊淩空綵絲搖曳垂楊徑對梢雩頂時見弓鞵影
似鷰乘風欲住渾難定凭牽引纒絲無盡弱絮游絲竝

蝶戀雩

春閨即事

入耳餳簫無近遠纔近清明便覺輕寒淺寶鴨煙浚香未換賣花聲已街頭徧　遲日照臨窗六扇病怯微風不把湘簾卷寶鏡闚人畱半面棠梨簪向釵頭顫

醉花閒

送春

愁春去送春去春去何方住滿院綠陰濃便是春歸處落花飛野渡渡口鳴柔櫓何處送春船一霎河濱遇

菩薩蠻

春莫書事

韶花負卻春三月愁多寬褪羅帬摺咲煞小鬟癡猶疑

雪滿枝　侵晨雪徑去雪落兼飛絮何苦喚昏歸杜鵑聲亂嗁

步蟾宫

閨情

露雪初濕蒼苔滑背人偷弄淩波襪又看殘月照嗛櫳已過了歸期十八　鐙前暗把金錢擲香爐也那堪愁煞畫闌凭徧要低裒盼不到一緘書札

滿江紅

北固山晚眺

怪石粲根寫木落江寒時節吟未了金山老對象山殘雪獻自臨江亭上望風濤兩岸無休歇問凭今弔古幾

同來背空裂　千古事翻風葉千古恨橫江鐵望秣陵何處晚霞明滅林際蟾光猶未吐空中鴈影遥相接聽怒潮東下海門來聲嗚咽

西江月

憶鶯

王謝堂前舊侶年年偏向天涯重來消息待梨雩屈指明朝昔社　閒卻舊營巢處傍誰門戶爲家劇憐望眼已將睽爲爾湘嫌不下

憶江南

題畫扇

垂柳綠茆屋阿誰家山色蒼茫飛獸鳥小橋流水繞平

沙何處有尭粤

點絳脣

午節感褱

蒲酒家家秊光又是逢重午綵絲角黍俗尚沿荊楚佳節秊秊總在他鄉度添愁緒汀蘭岸杜綠徧天涯路

憶少秊

寄羅耦廉外甥

飛鴻時序夕昜門徑西風庭院烁光宛如昨惜吟詩人遠　一曲昜冒詞歎擅訴平生哀怨秊來可相憶算多時不見

浪淘沙

聽蟋蟀有感

逡坐意悠悠，新月如鉤。瀞煙雾影小窗浮。底事添人羈旅恨，吟盡清秋。　唧唧總無休，問爾何由。爲伊蕉萃五更頭。轉念浮生眞大夢，著甚閒愁。

西江月

九日憶兄妹

絕少催租風雨，秋光宛似曾光。山容明淨不須糚，滿眼秋高氣爽。　回首故園兄妹，怕看鴻雁成行。可憐辜負好重陽，開徧黄花誰賞。

眞珠簾

客中感裹示兒輩

風鳴檐鐵驚人寤耍啾啾唧唧皆前蛩語憂患餘生嘗徧世間辛苦老至尚居人廡下歎客裏光陰虛度誰顧似孤鴻天際北來南去　爾輩文章非誤便虀鹽蕉萃奇褱休負鸞鳳暫羈因豈山鷄爲侶我已秊踰將六十依舊是累緣兒女凝佇待祖鞭先著慰余遲暮

江南好

本意

江南好早韭薦初春竹外輕雷抽嫩筍江頭春水上河豚風味總宜人

前調

江南好十里芰荷香翠竹涼生蟬噪晚茶瓜留客晝偏

長疏柳挂斜昜

前調

江南好丹桂正芳菲天澹雲閒烋禾老橙黃橘綠蟹初肥鱸膾客思歸

前調

江南好瑞雪灑瓊瑤火撥紅鑪添獸炭杯傾綠蟻泛香醪詩思在槑梢

賣餳聲

萛旾

飛絮蘸泥香人立迴廊新萍點綠滿池塘拋盡榆錢千萬箇難買旾光　小苑近昏黃對杪斜昜殘霞萛靄兩

茫茫高下亂鴉歸去也觸目思鄉

滿江紅

槑雨

冷暝陰晴做弄得乖光都別乍對外晚霞低映輕雷未歇宋宋房櫳涼似水夕陰一片生梧葉又黃昏近也拚重門情淒切　檻外滴聲初絕風竹韻遙相接漸星星螢火高低飛越青草池塘新水足坐聽兩岸蛙聲聒問恁般叫噪爲官私情誰說

點絳脣

寄羅甥耦廉

孤燭宅鄉正平狂態相違久持杯在手咄咄因卮酒

人是當年意氣應如舊謀升斗折腰能否可似先生柳

菩薩蠻

盼次男克常不歸

歸鴉幾點垂楊外愁人此際渾無賴新月半昏黃微風生夜涼　不瞑長太息歔自悲孤宗寄語遠遊人朝來白髮新

十六字令

晝日偶成

清雨過遙天無片雲垂楊外時囀一聲鶯

憶江南

題畫

旾灮好茆屋野人家風緲綠波搖翠柳日暄紅雨灑桃
雲山外夕昜斜

點絳脣

旾陰

門徑愔愔菭痕濃澹籬根繞過旾社了鷰子歸來早
鄉夢初囘一覺晨鐘曉㡘櫳悄篆煙猶嫋此際愁多少

轉應曲

莫旾

飛雪飛雪柳絮漫天時節青青芳草池塘斜日閒堦晝
長長晝長晝深院下㡘人瘦

滿江紅

虎皁王子達故世家子工詩嗜酒貧如朱翁子而豪氣不衰歲庚申余以避地僑徙主其家知余能詩請於兒輩願得一言爲重賦此贈之

磊落如君問抑塞奇才誰拔空抱負滿囊壯志一身俠骨家學青箱堪世守何門朱履容輕屐問買臣窮困有誰憐心空熱　季正富才無敵酒戶大詩囊闊每悲歌慷慨其音清越天驥呈才終展足干將出冶鷄藏匣莫效它兒女訴窮愁牛衣泣

唐多令

與蘭仙夫人別逾季矣近聞其病廢郵居老衰悵觸鷄已於言率我此調

過眼總雲煙斯人各一天記當時訪戴河邊楊柳小橋
緑岸曲飄影過夕昜懸　詩酒話纏緜波心月正圓聽
漁歌又近門前回憶昔時如覆寐嗟不見又經季

琴調相思引

寄裏宜寰宓三女弟

燮尾開殘又送春將雛鷰子繞重門愁裏誰遣相伴只
琴尊　離思漫漫無曉夜落英飛絮總消魂不勝惆悵
新月送黄昏

蒼梧謠

夜雨書裏

暝何處烁聲到枕邊芭蕉雨點滴畫欄前

愁底事依人不去休鶉拋卻心上與眉頭

減字木蘭花

秋夜

牀前明月惹起鄉心今夜切何處秋風蕭瑟偏來小院中　芭蕉桐葉攪亂愁裹向誰說嘹唳雲間又聽征鴻自北還

如夢令

素患肝疾經亂彌甚每一舉發輒不能食飲克勛兄弟恐余旦夕鶉保延畫手李君爲寫斯照爲將來奉祀地廿迄今丙寅十一季矣暇日展視自顧竟若兩人葢不特年齒日衰抑亦蕉萃

日甚也有慨於中悄然成詠
展軸全非故我相對渾疑兩箇甚矣歎吾衰不是尋常
摧挫無那無那此事怎生躲過
菩薩蠻
克勛北上旬日計程未達帝都寒夜不寐悄然
念之
迢迢客路三千里心牽游子情鶵已離思黯然生挑鐙
憶遠人　孱孱羸瘦質怎慣長爲客午夜板橋霜憐伊
風露涼
國香慢
詠水仙

沅湘何處歎蘼蕪杜若飄靄無數洛浦寒淺宛宛流秊望斷美人遲莫江臯風雨朝還夕只相伴寒槑千尌悵蒼梧落木蕭蕭一派江聲流去　最好移來糚閣看星眸素靨翠幃低護盆盎波淺照影亭亭羅襪不教塵污明璫翠佩今何在又怨入東風無語暗香風露問甚時寫入瑤琴待倩伯牙重譜

翠薇仙館詞

翠薇仙館詞

翠薇僊館詞

錢塘孫瑩培□□譔

蝶戀箏

示兒輩

子孝臣忠須自曉奮志攻書不讀如何了白髮高堂年已老諸凡豈可仍艸艸　自古英雄原讓少鷄再光陰知道不知道萬里關山家路杳青青漸長還非小

浪淘沙

思親

翳慕思悠悠珠淚長流無言日日倚西廔杜宇數聲吉已厺一囊成炑　午逡雨初收黃鞠闈稠思量欲待解

些二憂忽見半鉤眉月上句起新愁

醉䔢陰

槑花

小園昨夜霜䔢驟點點寒葩瘦放出玉精神雪意風情

無限旾先逗　珊珊弄影黃昏後景佀羅浮否婢忽㧻

香來綽約流䑸報道紅槑又

玉慶旾

鄭夫人將旋粵東索余畫小影竝題詞曰贈

閒庭秌色娛游目桐蔭桂香都不俗湘㡘高捲對黃䔢

消受人閒清供福　摶沙相聚浮蹤託聽到驪歌倅縈

寡宅鄉欲寄折枝鶼應遣宅堦蒔雙鶴

菩薩蠻

鄭麗芳女史南旋作此送別

一從拋郄西湖去故山茗遞鷄爲主親友四凋蕭宦游同此情　蠻鄉悲寂寞幸得浮蹤託忽地道遠替教人恨莫支

壽調　壽題

紛紛心緒縈褱索兩闓辜負新秋鞠淚喜遇藕程連朝話未贏　忽聽征駕速又觸離愁惡兩歲約重臨昔波畫舫輕

長相思

歲暮送三兒維廉偕表姪徐大椿上桂林

茶一尊酒一尊明日輕裘又遠行淒涼此夜鐙　風一

程雨一程長路若萏兩箇人心隨馬送塵

調笑令

郎景

長夜長夜坐得㤿人㤿絕滿㢘霙霧香清隱着一慊明

月明月明月不管人間離別

釵頭鳳

郎景

鑪煙裊幽閨悄慊龑斜捞人稀到梧桐蔭飛霙嫩者番

昔色登㢘待恁凭凭凭　風聲峭雲倩渺遠山一㑹如

含笑負無信鴻鶫問天涯人遠遥碁鶫定閑閑閑

東風第一枝

題槑箋帳簷

老幹渾蒼虬枝綴玉此箋端的幽獸江南江北風光譜入徐熙畫幅橫陳紙帳抵多少水邊籬落再添箇翠羽幽禽或抵得縞衣孤鶴　香篝簌黺光簷薄紅一抹指痕綽約寫來筆底精神轉憶舊遊東閣黃昏清境稱高瞑絕塵遠俗聽枝頭翠羽啾嘈早已參橫月落

如夢令

汪淑娟女史過寄園見訪口占

曾記去年春曉斜倚闌干同笑有句正聯吟忽報海棠鬧了鬧了鬧了今日此情又肖

鷓鴣天

摹元人門闌臨草靄廔閣抹殘痕詞句作畫竝題吕詞

廔閣玲瓏隱翠微小橋返照夕昜西閑情無限隨流水惟見殘霞一抹飛　風澹澹柳依依波光嵐氣映餘暉閉門靜宋人何處放鶴攜琴遠未還

重叠金

摹𦍑落水流紅詞意

飛英歷亂如紅雨東風斷送春遠去飄泊正悽生溪鬧萬里情　暫春應不住歇倚慵無語際此柰何天教人鎮日閑

一翦槑

紀別

相隔天涯已半秌負乜頻投雁乜頻投一朝相見喜盈眸細訴儛愁再訴離愁　肴酒盈卮且唱酬弯上魚鉤月上幪鉤無端重別恨悠悠風亦鶵雷雨亦鶵雷

滿江紅

七夕

銀漢橫秌早又是曝衣旹節□□□□□□□□□歲歲縱教欣聚會季季何用傷離別預安排瓜果設閑堦巧遥乞　一庭秌弯枝疊萛雲飛長空碧正斜月如鉤晚潦清絕玉露霏霏黿欲斷銀河耿耿愁無極想

神僊此夕尚分離心淒切

山礬子

陸川榕根邨墓次烌夜有感

濛濛涼月夜淸寥傷逝悲今蒐欲瓢廬墓淒其愸莫及恨鷞消　衆彫柏老思無盡日莫山頹懥轉遥宿墓獸吟暝不得雨瀟瀟

唾绒詞

唾絨詞

唾絨詞

瓊山吳小姑□□譔

念奴嬌

楊氏娣偕游玉龍泉

蒼山一桁過橋頭古刹此身如畫對[illegible]小谿雲澹澹眞同羅衫輕瀉導路習婆攜賤小徑與會淋漓者銀濤噴湧訝龍頭欲變化　正合滌筆父池泛觴石瀨任鳳鞋游冶新荷幽香通佛座四面陰寒落瓦半幅村墟閭家行樂添幾重佳話摹成齣本遂人情亦牽惹

步蟾宮

陶公山道書稱仙家二十四福地中有清泉灑

於厓壁居人產女尤美隨金門夫子游此苒往

尨客邨拜先太翁媪墓

琪㟙瑶草滿山底玉液飛空香味美誰家嬌㒵最玲瓏

蛺蜨繽紛隨鬢尾　銀雲侵袂涼如水朱頂鶴傳仙姬

意導人苒太公拜先墳保佑兒孫咸鵲起

七娘子

高坡曉望

銀雲鋪遍千株對此中大有幽人住忽覩遥邨微聞犬

吠荷樵人蹋山㟙路　昨宵看月香猶炷小姑偕向門

苒步羅襪輕寒箌慊映影曉鴉唬破瑠城霧

滿江紅

梁山謁譙國冼太夫人廟

巾幗英雄擅兩世忠貞威烈想當日錦幢寶纛靈旂獵獵銅鼓聲傳儋耳峒銀刀影冷驪龍穴到而今奇甸仰瞻慈酉旌節　千載遂鍾豪傑迎香火平山賊大功成告廟雷轟電掣都督非常誰早識嶺南奠定華夷悅咄哉今將帥畏寇讐空咋舌

買陂塘

由海日所回高坡經大雲寺正值璚城一帶刺桐𦔎閭郎景呈金門夫子

望晴空天半朱殷疑將墮赤城赤嬉游每逐裊儸隊共蹋遍紅塵陌遮不得那古剎膺兒襯染都生色鹽陽天

侶火傘擎霄丹砂鍊鼎菖已過三月　休停展學士莊
瑶峯側是儂家第宅炎州文苑誰稱最定有祥雲爛漫
常棲息暢好是檀郎欲等餐飱客麻姑同伴挽一朵靈
芝之一乘丹鳳點破碧天碧
法駕導引
隨金門夫子渡瓊海
珠飃挂珠飃挂碧海甆銀濤漫說湘靈能鼓瑟天風不
藉紫檀槽龍女與尤豪
前調
前題
家鄉別家鄉別囘首望璚臺煙對微茫山一髮思親不

覺泪流腮夫壻眼中來

南鄉子

古長樂州旅次

地近珠池清浩浩江波送月明三五珠娘咸問訊鍾情家在瑶臺第幾層　儂是女書生小住靈山山秀靈夫婿善調金縷曲詞成常付雙鬟唱不停

蹋莎美人

郁居樂

竹外有槑梆間有月況兼泉澗流聲活便擕雅嘴拚柴門好把唐詩幾句教稚孫　鐙影機聲榛香粲韻商量明白閭香醞夫君家塾說書同好事多陳蔬果共傳杯

消息

李紫黼先生惠寄香𡬁吾寒館詩選吟謝

燕掠風幰，菸紅蘚砌，先生知否？漫說吾寒鴛𡬁暖，卻訝鴛虒栖。新詩一卷，芸窗細讀，合把濃香薰透。笑檀郎耽清坐，鶤拚儂短長吟口。

箏寬月魄，鍘痕釵影，怎教多情消受。才子佳人天長地久，總入詞人手。消閒卻憶，小園槑綻，曾釀半壺冬酒。好沈醉研墨私評，那人頷首。

雨中箏

絕命辭

妾命危如箏上露，持不律，待檀郎顧。寫不成詩，醒翻成𡬁，身暫塵寰住。　金甲神君來保護，恨只恨命鶤逃數。

鴛枕輕拋雲軿急駕忍向蓬萊渡

霞珍詞

霞珍詞

護珍詞

江陰繆珠蓀穉青譔

相見歡

惺忪霧影迷離可憐伊無那宵寒消瘦一分肌　螺峰意嬌波媚箇儂知試向卿卿斜掠鬢絲絲

十六字令

七夕

涼耿耿星河此夜長悲歡薰天上未能忘

連理枝

纔說春來好偏又春歸早容易春分無端春莫一季春了向落紅紅處憯春陰替雩枝寫照　連理雩枝少夢

尾彎枝小朶蕊亯殘天⿱大兆亯謝海棠亯老且晴團紅粉

護亯煙漫拈彎微笑

南柯子

折枝朶紈扇

冷倚團團月晴烘薄薄霞煙鬟恰稱一枝斜簪向東風

還認小桃彎

憶秦娥

亯醒足亯淚悄傍闌干曲闌干曲雲裳楚楚幾分新綠

惺忪慣挽秌千索羨宅蝴蝶淚枝梢淚枝梢庭陰欲

午可憐胥束

喜遷鶯

隨宮鄂城憶燕蜀姊妹

鶯對渺蜀雲低嬌小慣相依而今勞鶯各東西偏是說雙飛　天涯路淩波步相憶何如相晤杜鵑枝上盡情啼紅透落花泥

生查子

心清聞妙香間把柔毫弄條脫響丁東裙壓雲箋綬雲箋寫藥長滴露酥煙種青上鬢雲邊宛侶釵頭鳳

醉花間

花糕靚醉糕靚糕靚還相映儂醉笑花癡花醉將儂迎花枝凝露淨倚醉穿花徑無言意自親香拍花間令

點絳唇

睡鴨猶温繡幃人起粧臺曉鬢雲鬆繞初日夫容皺

紅滴櫻珠潤抹香痕小菱花照箇人嚬笑影裏旾知道

十六字令

風成陣飛花舞落紅軒軒蕙衫衷欲淩空

前調

風賣杏花聲小院東旾寒峭侵曉聽曚曨

前調

風解阜胥歸一曲中男兒事羞說大王雄

前調

風鳳尾香羅薄幾重吳江冷庭院徑堆紅（一作落葉妒花紅）

前調

風林下爭傳詠絮工寒宵靜簷鐵自丁東

轉應曲

香色香色自向枝頭攀得東風昨夜紅勻一翦羅浮曉
晉晉曉晉曉不爲惱竽起早

憶秦娥

雨臉論畫謾記小詞

畫畫畫貴知宗派平章凡事從來上大方　竽枝明媚
交相映紅紫都循性飛鳴小小禽蟲各有情

桂殿秋

白海棠

留月影澹香魂久堦誰與話溫存綠翻翡翠霜初信紅

褪臙脂雨後痕

長相思

醒鶵安醉鶵安乍上輕舟膠亦酸蜀江灘復灘　水漫漫路漫漫重疊螺峯穌恨攢蜀山巒外巒

南鄉子

題自畫

膩粉團香雪融酥護彩雲紅情初賦五彎紋記取一枝深色酒微醺　嬌忪伊驚膠穠芳我自聞離離彎影欲搖杳知是誰家亭子午晴新

菩薩蠻

題自畫

葳蕤蘭蘂青於黛清芬自昔堪爲佩幽谷許相尋紅心同素心　娉婷芳思永雩氣如人靜微雨嫩晴天昏風季復季

前調

鏤鱗撥刺穿金柳烹鮮小試調羹手螺黛不勝顰剛逢中酒辰　尨雩紅灼灼江上風波惡眉翠逐顔闌歸飃帶雨來

前調

揷雩挂畫人前話塵寰別有清涼界空翠雨餘滋新紅三兩枝　乍晴涼意足書幌雲搖綠箏語玉纖纖清風生座筵

訴衷情

呵凍青綅波影送遠山昔嬌叵耐凝黛月痕新生小解含嗔顰顰無言螺翠匀蕙逡巡

醉霽陰

泛綠偎紅消永夜佳節團圞乜羅薄末叓衣霧影雲容霽氣穿窗罅 仌紋窈窕枝低亞萬里清光瀉扶醉話西風天上人間秌色平分乍

江南好

顏紅借沈醉可相嘲嗤我低吟輸倚馬泥宅小歛點離騷商畧把愁澆 涼新透霽氣襲人嬌對影不須銀燭照飛觴願向素娥邀最好是清宵

桂殿秋

銀桂

風翦快露華涼蟾宮不禁木樨黄疑宅僊子揮清汗洒向人間點滴香

減字木蘭花

家書不盡附詞二闋

重陽將近佳節天涯誰借問同是吟情風雨清宵瘦幾分　綠窗人悄儂比黄花瘦思早厭說加餐減字新聲寄木蘭

偷聲木蘭花

臨書先恨蠻箋小未及書成愁又繞折了重封記得箋

旁句已重　長言不及相思字方勝壘成愁半紙莫道偷聲塗乙塗鴉墨未勻

南柯子

雙拍迴文戲消長日

英落舞紅輕惱我吟香酒病身煙殢柳眉顰好弄嚦鶯裏院笙調乍晝晴　晴晝乍調笙院裏鶯嚦弄好顰眉柳殢煙身病酒香吟我惱輕紅舞落英

菩薩蠻

陌南慶影波搖碧碧搖波影慶南陌羅薄颺風穌穌風颺薄羅　柰何愁翠黛黛翠愁何柰雲鬟帖雩新新雩帖鬟雲

鷓鴣天

戛玉裁雲韻自奢窗陰句鳳上紋紗琅玕雅愛夫人竹錦纈新吟命嬃芲 香旖旎翠交加沉沉幰影日初斜纈餘欲待重商畧羞被旁人一再誇

虞美人

幰疏不礙銀鉤影往事從頭省簪芲格好記分明學得些兒模樣怕人評 落霞烌水重遊賦阿母親鈔句秊秊什襲付塵封一檢一同腸斷泣東風

憶秦娥

憶胞妹

妹妹妹小曾親誨分離一樣相思各自悲 何秊重覯

鐙箏語季少堪憐汝蹉跎我被兄譏柰汝何

卜算子

問傍玉臺吟拾得壽星字集錦毯雲句未成忽被風歛太　詩思渺烁煙欲覓無尋處抹徧銀牋不愜心揉作團團絮

四字令

箏芳鬟雲羅輕縐裙束風惻惻寒新醒宵宵酒人　要籌靜聞衣裳夜熏朦朧月影黃昏爇名香自溫

浣溪沙

乞得芳華倚石栽宵妝宜面小爽哀新增詩思到苺落絮梛香蘭箏作骨鏡鸞釵鳳玉爲臺清芬飾爾入憐

樂

瑞鷓鴣

夏窗戲拍

天時人事兩翻覆雨翻雲孰定評醉豈堪醒彭澤嵐醒原如醉楚騷情　黄梅時節家家雨梅子黄時日日晴至竟是晴還是雨熟梅天氣不分明

崦廔詞

崦廔詞

晻慶詞

侯官沈鵲應孟雅撰

點絳脣

對鏡用周美成韻

淺院无人寱醒小雨敲牕潤算來宵近故遣催雙信

慵自梳頭怕見落（平）紅陣非關悶寶奩頻趁慰此因循恨

前調

千葉水僊

黃暈仌綃幷刀翦就明璣碎自然僊態彷彿添環佩

沓日淩波依舊丰姿在功夫耐層層輕裁欲共槑雙賽

前調

春早猶寒闌干倚偏人微困征鴻飛盡苒苒无音信獸鬲天涯萱艸鶗鴂怨誰行問從行无分多少思親恨

少年游

鶗追往事太如波歲月又蹉跎衣袂京塵曾曾染處何日重過　而今日近長安遠回首夕陽多少年曾聽鳳凰池上過客鳴珂

淡黃柳

春雨

小庭曉色一片同雲黑做雨飛來聲滴滴欲訪芳菲徑裏爭奈空階幾番溼　最堪惱韶光任[illegible]借杳

消息嘆卤園宋算天涯离最是无情一泓沓水比侶當
初耍碧

如寱令

嗛鉤

明月一彎新樣終日傍人嗛幌挂起玉纖纖艸色增人
惆悵低放低放莫對平蕪凝望

虞美人

鮎𫟷風筝

野塘沓水連天碧化作煙波色忽聽何處弄鳴筝又是
東風捲入碧雲聲　苕苕直上干霄漢兒女爭嘑喚從
容不傍逆風飛何事竹竿鶚上笑男兒

祝英臺近

鐙竽

漏聲微香燼炷夜永宋人語瞥眼銀釭金穗氽氽吐忽驚一朵紅蘂遊蜂尋到又卻是飛蛾翩舞　正无緒細認凝笑蛾眉爲伊久延竝護住風幰紅燄尚如許是伲報异人知休教落厺儘无寐替防飢鼠

湘旾夜月

晴天養片雲

正新姓閑閑一片低氽茸道出處无心此便恰宜昔欲問遲回何待待青天護養渺爾神怡惟苒宵風雨潑藏遠岫此意誰知　高橫天際靜依日下不解迷離澹影

輕身氤氳氣任人遥指鶉弃幽棲多情美蔭怕日光曬
上醉醾愁侣汝佗无知誤信司天臺說佳氣能奇

解連環

用姜白石韻代書寄棣先

鹵廛裁倚被楊彎千點句人離思念厺秊南浦牽衣如
今眼穿南浦唯昔水回曾傾襟小牕對鏡同梳洗蹋書
湖畔路那日游昔依約曾記　東風又歛雨霽問音書
斷絕何事相棄空欲往鶉越關山算只有今宵㝱覓能
至繡戸誰推侣行近疏慊下底又卻是銜泥鷰子攪人
午睡

高陽臺

懷蘋妹卤洋文塾

海上昔風潍壖寒食相望歔自離家街北高廈記曾攜手同車鯨鏗報午停鉛槧顫金釵蹴踘喧嘩共流連一半吳娃一半蠻雩　如今姊妹勤相憶況亞洲异日天共人遐欲寄魚書江長不到天涯危闌歔倚斜昜下侶茗茗一水蒹葭最无聊滿耳鴞嘑滿目雲遮

角招

豫畱別季蘭三妹

昔還又如何一點離情暗逗垂柳新愁相合就悔卻舊時何事厮守別昔尚久早苦透心雩肯後明月低穿牕牖聽二十五弦聲問誰家還奏　相對俱成消瘦頻

季懽笑化作愁盈衷擬同拚撒手行路遲遲寸心鶍朽
思量孱憊且共此論文尊酒休想長亭皆候天涯若比
鄰君曾知否

惱紅衣

綠陰清潤侶夢告

潑綠淋漓殘紅狼藉春歸无迹罨畫林塘如今盡成碧
重重翠幄侶障斷夢開消息鶍得晴日暖風侶江南寒
食　依依綺陌天氣清穌連朝弄春色韶光草絆卻解
伴訨客岑宋丰姿依舊何事无人追惜倩畫圖誰寫拚
映向來詞筆

拚負兒

織竹團扇

弄團圞組成斬竹傳看纖手鶼釋生綃紈素鶼比侶揆卻向來成式霜雪質叜隱映斜紋不异甘蕉匹細看成碧侶綠水生波雁行雲外疑是个人織　誰行倩妙手絲絲輕擘此君再世蹤跡從來尤物鶼長久止恐炑風先逼須護惱爲巧奪天工造物偏乘隙淚藏滿月怕瘦減清輝雪香飄墮宂處覓消息

洞僊詞

文君當罏

門靑栟色浸入羅衣碧斜倚罏邊倒金液最銷魂叜拔剔火金釵釵欲墜猶自新糚半額　往事成陳迹酤肆

琴臺化作尋常酒家宅舊日笑旾風嬌眼鶤醒栁𠌶碎
也无人惱思懨懨已作白頭吟甚問訊離居茂陵病客

綺羅香

𠌶露水

紅裛香風璚筵佳氣都异麝塵蘭炷歛馥欺𠌶偏要氤
氳如許噴羅綺珍重堪嗤惹蝶蜂癡迷无數甚揚州十
里繁華美人認作金莖露　銅僊愁緒萬縷羞見琉璃
滿貯泪零如雨臭味差沈總覺惱人无語記當昔滴粉
搓酥從此便不須相妒嘆而今柏上囊空訣求僊漢武

琵琶僊

櫻桃

昔雨纔過正无數浪蕊浮箏開徧一綹紅潨低㳄宮中摘初薦嬌欲滴朱盤滿貯記曾飣餖園歡宴圓比明珠紅疑赤玉凝佇生盻　最无據縹渺青衣賺游子瑤臺瘳畱戀漫笑荔枝盧橘見蒺藜還羨鸚啄出珊瑚粒粒落个人宋歷庭院遙想樊素當年微遮詞扇

甘州

懷金陵梁間鷰子

嘆一年一度此淹畱輭語話溫柔傍雕梁繡戶驚人好寥故蹴㡘鉤舊宅重來風景換卻一番愁可念征蓬轉淮海漂流　同是勸遊羈旅誤忩忩栖色豈為封侯止憑誰分付珎重羽毛脩向天涯殷勤凝望對斜暉不見

舊糀廋遥歸罷悵緐蕚謝金谷荒邱

蘭陵王

鷄聲

寤初闌殘剩餘醒尙著紗牕外晴報遠鐘曙色陰陰透慊愽醒來夜情惡要聽膠膠聲作中心警顛倒著衣卻被蒼蠅弄聽鍇　長鳴蕙誰託甚風雨淒淒都未忘卻甯同宛轉調弹索驚茆店羈旅金閨朝士一例緐雄并冷落底要促梳掠　宋筭豈漂泊攬无眠殘要翻依鳴柝同聲唱曉天涯各悵問寢猶隔櫛笄如昨干卿何事向耳畔觸悲樂

長亭怨慢

卤湖弔厲樊榭

向湖畔停舩閒步遠望東園个人門戶宋歷杳空𢦔絲
潑鑠若煙霧湖州羈旅偏載取桃根尒尒得幾何昔已
化作漂零風絮　郎主對芭蕉灑泪芳艸殯宮天葬夜
來月上向誰訴此昔情苦悵望是今日蕭條恨重入江
淹詞賦始會得才孥天忌淒涼如許

鷓鴣天

寄鄭氏舅毋憶堂子巷小慶

回憶慶頭賞雪昔鐘山如黛照傳卮如今嬴得離愁苦
惟有檐塀風絮飛　杳宋宋寥依依風流林下繫人思
凭高不見江南路元鳥歸昔人未歸

臨江僊

屋上斜陽簷上艸晚來相映清幽小牕頻倚獸凝眸角聲欲斷嗚咽總添愁　雙鯉不來音信杳惱人欲說還休昔姝佳日厺鶵畱離情一縷隨水厺悠悠

浪淘沙

虬髯客傳

越國薏揚揚不惱紅糚劇令淡夜出嚴裝蹀躞叩門莿店裏顏色倉皇　慧眼識三郎委地青長虬髯顧盼思如狂鑣鑰儘教將一妹來佐秦王

燕山亭

讀列女傳

薄暁寒閨輕盈弱質井水心情自守觸目驚心棟折榱
崩何恤玉顔消瘦鍼黹慵拈誤幾度牕寿停繡回首嘆
周遭游觀將非君有　嗟彼女伴何知把慷慨情懐認
縈絲藕葵踐兄亡冷眼季來已知大弓鷄彀无限傷心
當商女逺庭謌奏能否比例佀无鹽覔偶

卤河

江州琵琶

行復止歸舟尙滯沙際荻箏瑟瑟夜江頭月明佀水未
歸反佀送歸人臨風憖殺居士　尋聲問幽朱坩哀弦
一曲誰理京藝舊跡已茫然錚錚又起相逢一樣可憐
生天涯淪落顚頓　蕭娘草灑老大泪濕當昔司馬情

意漫撥數聲无俚賸長謌寫恨孤亭憑弔千載悠悠傷心事

攤破浣溪沙

題馮盦枝詞

錦瑟華秊愜藴眞竹枝詞卷伴吟身爲惱分陰勤點綴肯因循　說浛欲敲如意碎遣愁曾劈錦牋新銀字謹成新曲妙穌易音

少秊游

華鐙番市影苕苕夜夜侶元宵流水過車暗塵逐馬謌響雲飄　音風還共荒城裏客思獨无憀昨宵廖太慈親温藉小妹招邀

南鄉子

呈馮盦先生兼別季蘭妹

學識綜羣流絳帷教女預從游長日書聲知可憎鶍由淮水東流身上舟　阿妹莫淡愁掩卷還應相憶不問字元亭須已矣誰儔鶍异爲言是可憂

鳳凰臺上憶歙齋

憶菊萼

楓冷吳江雁飛南浦家家黃葉堆門聽莫砧聲急日已黃昏記憶當昔三徑儘飄零松菊猶存荒城裏止看搖落未見萼繁　銷冤故鄉此際佳節醉鹵園籬畔芳樽念秌光狼藉安得移根屈指重昜將近思往事杳杳无

痕傷情處但看鵶飛水繞孤邨

渡江雲

重九

烼湲風漸緊蟲聲應龢喞喞透牕紗异鄉佳節至何處登高隔水盡蒹葭登慶凝望只八一片疎柳唬鵶想此日茱萸徧插分不到天涯　堪嗟卷懶人瘦瑞腦香斜念舊峕籬下孤負了黃昬峕候誰對黃甤如今且盡樽茾酒怕烼光又落誰家烼有信奈何水隔天遮

浪淘沙

報國志鶗鴂碧血誰收篋中遺稿自千烼腸斷招寬寬不到雲暗江頭　繡佛舊糚慶我已君休萬千悔恨耍

何尤拚得眼毒无盡泪共水長流

菩薩蠻

舊時月色穿帷幌那堪鏡裏顔非昨掩鏡檢君誰泪痕沾素衣　明鐙空照影幽恨无人省展轉夢鶏成漏殘天又明

如夢令

歲月眞如彈指又是苦寒天氣帷外雨蕭風攪起一腔愁思无寐无寐別有凄涼滋味

前調

蠟梅

蟬翼黏霜初透別樣風光中酒偏占玉奴先一例暗香

盈東三九三九試過宮黃昔倸

淒涼犯

墨槑

幽奇妙筆傳神處橫斜一片鶺折水邊竹外无言獸自盈盈情絕墨香染頰任菟遂飛聲自咽但淒然冰魂一縷掩映夜淡月　索笑人何處弄蕊歆香歡情銷歇羅浮寢斷思慨慨怨懷誰說洗盡殘粧入橫幅餘姿潔有淩波縹渺冷澹不可接

花影吹笙室詞

花影吹笙室詞

花影歛笙室詞

閩縣李慎溶樨清譔

海棠春

花鈴

花房靜鎖春深窗簷影外絲絲環繞做弄暗中聲送得愁多少　惱春還被春喧惱向瘦枕搖昏曳曉夢醒卻無人一院風枝嫋

蝶戀花

螢

舊苑荒蕪興廢警怯小愁單短夢何時醒明月不來天又暝竹邊水面光無定　庭院沈沈街鼓靜三兩斜飛

做就涼宵景攜扇兜裊風風露冷幾回踏碎梧桐影

踏莎行

昔日感舊並示江右諸妹

乳鴨池塘初鶯院落回頭往事全如昨人生那得似東風東風依舊穿帘幙　萬里苕苕尺書空託一昔但見離懷惡勝游別後負南園約閒閒煞秋千索

蝶戀花

一夕涼飈辭舊暑颯颯牆蕉恐是秋來路轉眼薰風時節去不知鷰子歸何處　抽紙吟商無意緒短檠疎窗獨寫黃昏句今夜夜深知更苦階前葉葉枝枝雨

一落索

旾雨纏綿偶以遣悶

曉霧溟濛庭樹弄晴無據淚垂㡘幙護輕寒卻約得鑪香住　鸎鸎鷰鷰無語惱將旾去只多落絮與飛花還未到聽秋雨

浪淘沙

瓦鏄墮微霜飄葉初黃寒鴉聲外度斜陽回首綠陰門巷弄荏苒時光　何處聽清商竹院梧廊夜闌卻訝雨敲窗有夢欲尋尋不得秋在胡牀

念奴嬌

寄杭州蕙愉大姑

故園秋草悵光陰別後風梭過眼欲把離愁傳尺素爭

奈銀箋嫌短聽雨㡘櫳掃彎臺榭處處尋思徧回頭歡境算來空付微歎　多少勝蹟苪朝香車畫楫塵影如潮滿明月江山曾入寱卻被簫聲歛斷遮莫季來鏡中雲鬟湖柳絲偷換新遊須記酒痕襟上休浣

百字令

穌林畏廬詩丈汎湖之作

越山清絕泛湖光中夜翛然孤引一片玲瓏驚驟冷月底榻彎歛鬟渙屋風生篷窗人悄誰解聽高均細波輕槳睡鷗沙際鵜穩　長歎繫寱西泠夷猶片棹欲厺頻無準聞說交蘆菴外樹猶怨當季先隱半霎沈埋水孤天澗淼淼游人恨傳來新句舊爕平坡盈寸

慶宮春

水仙花

新暈移盆濃香墜几相逢正在槑邊曾否淩波何人爲擬飛僊湘江夜水如雲冷甚驚鴻來往翩翩算殷勤解訴清愁只有幽絃　從教風露欺鶗到料宮黃纖小無奈冬天一笑搴芳人間又換華年南園花信猶遲滯占春先偏在春先定歸期梨膠初醒柳色初妍

疎影

鞠影

黃昏院宇有殊竟一片消瘦如許載酒籬根醉眼模糊誤得幾回驚顧夜闌徙倚猶相對紙檻外疑煙疑霧但

蕭然簷影鶉描不上畫家新譜　繞砌鳴蛩舊識涼宵厭寂寞來伴低語鬲歲園亭約略吟秋曾採幽芳題句重逢卻訝分明甚正冷月無聲闃戶霎誰憐立盡霜華又度小庭寒曙

齊天樂

小西湖秋汎

浮嵐不散繁華影層峯尚含秋嫵已老蘋根全欹藕葉過了晶宮佳處橋陰靜処愛漠漠羅衣水彎香聚瘦栁枯蟬向人蕉萃看人去　平漪遙望似鏡忽澄煙裂碧蓬響驚度野吹無聲幾昜弄影猛見霜紅翻樹沈吟斷苦甚一樣江山頓傷心素脈脈迴橈破蟾闃意語

長亭怨慢

戊戌二月寄拔可長兄杭州

恨輕被紅塵纏著往歲湖山似曾留約寱裏滄波太颿搖曳向何託竹窗鐙火歡笑地渾如昨暢好故園音卻孤我聽鶯闌角　蕭索恁蘇堤栁色猶倚翠腰新削湔裊又近有多少畫橈芳酌奈別後惻惻寒輕怕征袂緜人飄薄漫細數歸期容易江蓮香落

月上海棠

戊戌閏月拔兄書聞報罷復爲西湖之游作以寄意

征衣浣盡長安土到西湖試向舊鷗語再掛雲颿甚津

亭綠漲來路無人坐恨筆誰題瘦句　攜歌行樂休頻阻半陰晴減了看鸞侶已是飄零況湖山怨春長苦還鄉夢肯信南園亂絮

壺中天

春陰

㡘衣淚下但溟濛一片頻飛輕霧十里紅塵都似水唯有鶯聲低度楊柳多情斂春共瘦還替春淒苦揉昏搓暝粉香猶未成絮　生怕鸞子歸來沈沈綠暗換了門巷路見說鈿車南陌少幾日芳游輕誤山枕餘薰雲屏縈夢絆得清寒住無聊人起灑窗時響疎雨

長亭怨慢

探槑

是誰訪孤山苒道幾日詩魂被㝐相惱唶瓦殘霜故溪

新雪候猶早瘦游程熟峯影下天凄窈此度見峩粧定

不僭季光輕老　寒峭甚燃鬘厭整冷落水邊人縞多

情翠羽忍忘卻綺窗音報正悵惘鞠盡籬根又縈惹歛

音吟裊待喚起娉婷一篴苕苕飛到

解連環

吉棲詞丈題寒城旅眺圖

光樹古城烌晚驀憶著王粲當時擱

異㞩登臨恨猶帶故園心眼問鄉

走鷃綏　季芳太人漸遠對沈吟

侍詞賦江關歎蹤迹平生倩誰能
异雲遮斷叆淒迷夕昜盡處數聲

碧棲詞丈歸自滬江爲寄江南槑遲延未到作此以速之

步空坡正凝思望遠無語憶幽姿津國清霜紫門流水
關河黿夢參差待料理江南舊怨甚東風猶滯在橫枝
浮海曾回吟芳人老餘想驚非　苕遞平煙千驛叆平
頃冷浸欠肌歲晏情懷天涯滋味寒邊事事輕違
么吳船載雨較粵候卻比故山遲長爲嬋娟瘦損

傳古樓景印